김정삼 제11시집
우주복덕방

이 도서의 국립중앙도서관 출판예정도서목록(CIP)은 서지정보유통지원시스템 홈페이지(http://seoji.nl.go.kr)와 국가자료종합목록 구축시스템(http://kolis-net.nl.go.kr)에서 이용하실 수 있습니다.
(CIP제어번호 : CIP2020008563)

金正二 제11시집

우주복덕방

한누리미디어

차례

제1부 하늘 끝까지

Contents

제2부 길 잃은 영혼

차례

제3부 줍고 가는 삶

Contents

제4부 **하늘복덕방**

차례

제5부   꿈틀거리는 계절

제6부　사랑 증명서

庭事後來紙上看
庚子之立春斗正

제I부
하늘 끝까지

바람아 같이 가자

겨울 낙엽들아
다들 어디 갔느냐
너만 너만 가지 말고
나도 나도 같이 가자
넘실대는 계절풍아
이 빠진 대폿잔에
철철 넘실넘실 가득 부어
취하도록 마셔보자
주야로 흥청흥청 취해 있는 주당들
세월이 오는지 가는지 모르고
취해 있는 술꾼들이 부럽구나
목구멍엔 빈 목젖 타는 냄새
가정주 토종주
어깨춤 덩실덩실 더덩실
노래하며 놀자
바람아 계절풍아
논밭 두렁 쓸고 가는 계절풍아
너만 너만 가지 말고
나도야 같이 가자

비바람에 밀려가는
가벼운 풀잎 되어
어디든지 가고
또 가고 싶구나
가자가자 비바람아
너랑 나랑 같이 가자

까만 파도

몸이 떨립니다
가슴 속을 바늘로 쑤시는 통증을
견딜 수가 없습니다
꿈속에 숨겨두고 버티어 갑니다
세상을 붙잡고 사람 사는 법을 배워야지
섬과 섬 사이 등대에게 길을 물어
이정표 없는 길을 가고 있습니다
몸은 헐어 성한 곳이 없습니다
이대로 오늘밤 자정에 종말이 온다 해도
감사하게 받아가겠습니다
무인도 등대처럼 인적 없는 섬과 섬
등대에 기대어 까만 밤은
어디로 가고 있습니까
사랑했던 여인의 그림자만
밤바다에 떠있습니다
등대불은 내 혼불처럼 깜박이며 머얼리…
님은 갔습니다
추억 속에 묻어둔 님은 떠나가고
등대불만 님의 사랑처럼 깜박입니다

고기떼 불러 모아 부자인 님아
바람도 까만 바람 까만 파도
울다가 울다가 님은 바다로 갔습니다
바위틈에 고여 있는 님의 눈물
오늘밤도 등댓불처럼 깜박입니다

남쪽으로 가는 마을

나를 모르는 내가 처음처럼
내게로 와 나를 찾아가고 있다
아픔이 젊음 안고 절룩거리며
목적지도 목표도 없이
거기가 어디인 줄도 모르고
가고만 있다
뒤돌아보면 아슬아슬한
지난날들 휜 허리를 짓누르며
네 발 달린 짐승처럼 산과 들을
뒤지며 먹이 찾아
헤매는 것일까
다 타버린 촛불에 희망을
걸고 마지막 밤이
가물거리며 꺼져 가고 있다
먹다 남은 유효기간 지난
음료수 한 모금 먹고 신트림을 하며
목구멍에서 썩은 냄새가 난다
아깝다고 버리지 못한
어머님 생활습관처럼

나는 내가 누구인 줄도 모르고
어디로 가고 있을까
나를 펴 보려고 애를 써 봐도
마음만 앞서
남쪽으로 가고 있다

실종된 계절 · 1

겨울 속에 겨울이
봄을 찾아갑니다
남쪽으로 가고 있습니다
봄이 무색할 금년 겨울은
겨울이 없이 봄으로 가는 건가요
비바람 눈구름 고향 가는 나그네
서울 날씨는 가을 속 가을 같습니다
겨울은 또 다른 가을과 겨울
하나의 계절로 통합하여
계절을 해방하며 새롭게 가야 할 고향
하늘 아래 하나인 사계절 앞세우고
임 찾아가는 나그네
계절은 고아의 일생입니다
천하의 집시 운명
실종된 겨울 나그네 어디로 가고 있는 건가요
운명을 앞세우고 태 자리 찾아가는
달팽이 집 없는 달팽이
계절 등에 업고
남쪽으로 가고 있습니다

시작은 끝

시작은 끝이고 끝은 시작이다
깜깜한 밤 새벽이 밝아와
밤과 낮 공전하며 명암이 엇갈린다
만남과 이별 반복하며
버티어온 을해년은
짧은 만남
그믐으로 되돌아와 떠나고
우리는 가족이란 단어가
무엇보다 더 소중한 것
피붙이들은 어디에 있어도
피가 댕겨 자석처럼
만나게 되고 만날 수밖에 없다
물보다 못한 피가 있다지만
그래도 피는 피 영원한 둥지
물은 물일 뿐이다
올해는 가정 풍년이 들었으면 좋겠다
흰 눈도 같이 오너라
새아침에 뜨는 맑은 해야
연중 내내 고운 해야 솟아라

고향 가는 눈구름아

하늘은 하늘이 고향입니까
하늘에만 사시옵니까
땅은 땅에 누워 땅땅거리고
비는 구름의 눈물입니까
구름 속에서 비로 내리게
눈은 내릴 때만 화려하지
녹고 나면 그 자리가 지저분합니다
안개 타고 산에 올라
고향 가는 무지개다리 건너와
비바람에 젖은 풀잎
오도 가도 못하고 막혀 있는
구름다리
아치형 휜 허리 건너지 못해
하늘만 쳐다보며
기다리는 안개비야
고운 옷 차려입고 고향 가는
눈구름아
안개야 무지개야
비구름아 같이 가자

하이얀 세상

온 세상이 깜깜하다
아무것도 볼 수가 없다
눈물도 까만 눈물이다
한 치 앞도 모르는 현실 앞에 무엇이 그리 탐나실까
세상은 치매이고 우리는 환자들이다
미인도 박색도 그냥 평범한 여인들
추남도 미남도 그냥 하이얀 남정네들
잘남도 못남도 없이 그냥 까만 세상
삶을 줄타기하는 곡예사들이다
아슬아슬 살얼음판 걷고
유리 반석을 맨발로 가고 있다
언젠가는 밝은 아침이 하얗게 오겠지
세상이 어두운 것이 아니다
어두운 것은 마음이었고
까만 것은 내 눈의 시력이었다
얼마 남지 않은 종점 그곳은 하이얀 세상이겠지
우주 속에 지구를 지고 이고
하늘공간을 가고 있는 착각뿐이다
하이얀 세상 어디쯤 오고 있겠지

천생연분

우연이 인연이 되어 연을 맺고
살아온 지 어언 오십 년 세월
삶이란 작은 전쟁일까
부부 전선에 이상기류가 흐른다
승부도 없는 전쟁 적군과 아군
작전명령도 없이 시작이다
끝도 없는 사랑싸움 싸우며
살고 살면서 싸우는 부부 전선
오늘도 새벽부터 전쟁은 시작되었다
장인 장모 산소며 유택지 주소는 아느냐부터
자질구레한 일들을 수도 없이
읊어대며 날이 샌다
그리고 또 밤이 왔다
언제 무슨 일이 있었냐는 듯
조선에 없는 여인이 되며
팔도에 없는
속보이는 말 전쟁은 시작된다
넉넉하게 살지는 못하지만
그렇다고 못사는 것도 아니다

휴전 없는 전쟁 또 시작이다
무엇을 위한 것이며 최후의 승부는
최후에도 없을 것이다

축월

날씨가 서늘해
산모롱이 올랐더니
나 홀로 헤어보는
키 큰 나무야 나무야
그리 곱게 차린 몸매
바람 불면 옷깃 세우고
파란 고향 가느냐
한평생 내려놓으니
쓸 것 없는 일생도 소멸되고
일 년을 풀어 놓으니
금세 가버렸네
구름이 신고 갔느냐
바람이 업고 갔느냐
일 년도 금세 금세
한평생도 금세 금세
고향 벗들 넓고 푸른 산하에
희미하게 떠 있느냐
부엌때기 우리 님
더 더욱 바빠지겠네

초록 철새

초목은 늙어 푸름은 가고 없네
눈부신 여름 햇살 늙을 줄 모르고
태양만 태우는가
이름 없는 들풀들
쓰임 없이 누워 있네
큰 뜻 품고 들려오는
졸고 있는 고향 노래
오늘도 뉘우침으로 사라져 가는가
젊음은 쓰임새 없이 어디로 가는가
울고 가는 청춘아
술잔에 넘치는 삼합안주
부어라 마셔라
철새들도 취해 보자
새해 아침 붓끝으로 점을 치며
새야 새야 노래하는 새야
날 저물거든 찾아오너라
날자 날자 하늘 공간으로
화폭에 그림인 양
새들이 모여든다

하늘 끝까지

날이 새면 반가운 사람
올 것 같아 기다려지는 아침
날 밝으면 좋은 일이
생길 것 같아 기다려진다
해 뜨면 힘찬 하루가 시작되어
새로운 해머 소리 울려 퍼진다
이승과 연을 맺고 밤을 지샌
짧은 인연 긴 여행
지구도 힘들어 늦잠을 자고
기지개를 펴며
내일을 시작한다
마른 낙엽 태운 연기는
하늘 녹슬게 한다
산다는 것은
사는 데 의미가 있을까
해는 바닷물을 다 마시고야
물 위로 떠오르고
새롭게 길을 나선다
미완성은 완성으로 떠나보내고

둥둥 하늘 끝까지 가 보자
가다가 달을 만나면
별과 두 손 잡고 고향 가자
마음을 가라앉히고
새롭게 가자

잃어버린 나

나는 나를 찾아야 한다
지구를 돌고 돌아서라도
나는 나를 찾아야 한다
갈 곳 없는 현실 앞에
사방이 막혀 세상이 깜깜하다
밤인지 낮인지 알 수가 없다
눈 감으면 안 되는 것이 없다
눈을 뜨면 되는 것이 하나도 없다
지금처럼만 살고 싶다
세상은 날 구박하여도
나는 싸워야 한다
나는 누구인지 알아야만
나를 찾을 수 있지
지금은 알 수가 없다
모든 현실이 꿈이었으면 좋겠다
꿈에서 깨어나지 않으면 더욱 좋겠다
현실과 싸워야 산다
나는 나를 찾아야 한다

오늘은 없습니다

오늘은 없습니다
어제 먹다 버린 사과조각 같은
달만 내일로 갑니다
구름다리 건너갈 교각으로 서 있습니다
봄이 오는 길목 가로막고
겨울은 오도 가도 못하고 있습니다
꽃향기 넘치는 계절은 어디서 오는 것입니까
세월을 색칠하여 바다 건너오는 겁니까
황금 같은 젊은 날은 어디로 갔습니까
오늘은 내일로 가고
갈 곳 없는 어제는 어디로 가옵니까
봄이 오면 봄 따라 가고
사랑이 없으면 이별 따라 가시옵소서
오늘이 없으면 내일도 없고
내일이 없으면 어제도 없습니다
깊은 산속 들어가 돌베개 베고 하늘 봅니다
하늘 높고 구름 없는 빈 공간에
어제도 있고 내일도 있습니다만
오늘은 없습니다

가시옵니까

떠나는 가슴 아프랴만
보내는 마음만 못하리
가시옵니까 가시렵니까?
회자정리라는 말
남의 말인 줄로만 알았습니다
가시옵소서
속울음 감추고 가시옵소서
나의 반쪽이 날아가 버렸습니다
나는 불구자가 되어
주인 없는 자판기처럼 길가에 버려져
검은 눈물이 바람에 날립니다
짧은 만남은 긴 여행처럼
마지막으로 길 잃고 떨고 갑니다
만남은 처음이었고
처음은 이별이었습니다
귀한 인연 운 좋은 얇은 지식으로 다가와
자랑스런 벗이었습니다
자신은 버리는 것이 자신을 지키는 것일까
떠나가는 혼불에 쫓겨 가도 가도

가고만 있습니다
나를 보내고 나를 찾아
만남과 이별 가슴 속 깊이 감추고
가시옵소서
길조심 하시옵고
인연도 돌고 도는 것
어디에서 어떻게 다시 만나겠지
무엇이 되어 만나겠지
가시옵니까 가시옵소서

우주복덕방

하늘의 별은 몇 개이며
개당 얼마인가요
매도나 매매는 안 하시는지
각처에 판매소유자는 누구이며
연락처는 어떻게 되시는지요
구름은 누구 소유이며
판매처는 어디이며
누구입니까
비바람은 주인이 없습니까
꼭 만나서 어느 하나
분양 받고 싶습니다
생계용 목적이 아니라
머언 날 세계를 하나로 조립하여
카드로 세상 어디든지 가
우주사업을 시도하렵니다
별은 너무 멀고 해와 달은
사업용으로는 부적당한 물건
비바람은 우리와 친숙하고
인연도 가깝습니다

매도 매수용으로는
비바람이 좋겠습니다
세계에서 하나 밖에 없는
신사업 첨단기업이 될 것입니다

제 2부

길 잃은 영혼

부메랑의 사랑

나를 찾고 님을 찾아 두 손 잡고
조국 품에 안기어 사랑을 노래합니다
그 사람 지금은 가고 없는 유년의 꿈이었습니다
조상님 정신으로 시위를 당기면
화살은 원을 그려가며 과녁에 꽂혀 있습니다
국궁의 정신으로 전통을 지켜온
오천년 나라 사랑 님은 갔습니다
세상사 인생사 다 부메랑입니다
되돌아오는 것이 어찌 부메랑뿐이랴
배반의 여인도 돌고 돌아갔습니다
표적 찾아 손을 버티어 보지만
뒤돌아오고 마는 꿈속의 여인
내가 던진 부메랑이 되어
빙글 빙글 돌아 돌아
내게로 다시 와 내 품에 안기는
유년의 여인 지금은 없습니다
국시 기본도 부메랑
전통의 사랑입니다
모든 님은 갔습니다

나는 있어도 없습니다

나는 있어도 없습니다
하늘은 누구 소유입니까
흔해빠진 사랑타령은 누구의 소유입니까
동서로 남북으로 십자성 어디에도
나는 있어도 없습니다
비바람 소리는 누구의 울음 소리입니까
계절풍에 가슴 뚫린 봇물은
누구의 눈물입니까
나는 지금 누구의 남편이며
누구의 아버지입니까
나는 지금 누구이며
어디에 있습니까
세상이 흔들리며 지구가 거꾸로 돌고
지동설이 천동설이 되고
천동설이 지동설이 되어도
나는 없습니다 지구촌에
나의 존재는 어디에도 없습니다

별 첨단기업

하늘에는 큰 별 작은 별
새끼별 종자 몫 씨앗으로
써야 할 별이 있다
별들도 별을 생산해야 할
공장이 있을까
어느 해는 별 몇 개 못 보고
한 해 여름을 보냈다
금년에는 종자 몫으로 잔별만
지구로 옮겨야겠다
별들의 농장을 대량으로 지어
별 기업으로 만들어야겠다
군인 계급장도 진짜 별로
달아주어야 그것이 진짜 장군이다
별을 생산하는 기업을 만들어
세계 어디든지 수출하여
각 국가마다 대리점을 두면
투자자들이 모여들어
우주에서 하나 밖에 없는
대첨단기업이 될 것이다

아침밥은 지구에서 먹고
저녁밥은 우주에서 먹고
볼일은 별나라에서 본다
하늘에는 큰 별 작은 별
새끼별 종자 몫 씨앗별
별의 종류 별로 세계에서 최초로
첨단기업이 될 것이다

깃발

바람 없어도 펄럭이는 깃발
여름이 머물다 간 자리

가을이 먼저 와 여름 이야기로
주절주절 가을밤을 지새운다
주인 없는 주막집 젊음들이 모여
떠날 준비로 바쁘다

이슬이 눈가에 맺혀 눈물로 흐르고
바람 없는 하늘가로
가는 여름을 보내야 했다

다음 해 다시 오마
모래섬에 새긴 글씨
손마디 마디가 저리고 아파도
쓰고 지우고 또 쓴다

밤 파도가 무겁게 쓸고 간 자리
끝물 과일처럼 못 생긴 내 모습

떨이로 싸디싸게 새벽 안개에
실려 보내고 뒤돌아
마주잡은 손목 못 놓는 것은
무엇 때문일까

양천찬가

어두움을 열고 오는 아침
나뭇가지 사이로 미소 진 얼굴
동쪽이 밝아와 새벽 창이 열린다
물소리 새소리 아침을 깨우는 바람소리
까마귀 까치가 목청껏 인사를 하고
평화로운 나래를 친다
꽹과리 징소리 조상님 기침 소리로
지켜온 선비 고을 지금도
글 읽는 소리가
지는 황혼이 아름다운 것은
산하에 영근 유년의 꿈들이
가지마다 주렁주렁 달려 있는
글 바람 가을 열매 어디 한 점 티 묻을라
우리네 양천 한양의 꿈이여
수수 년 흐른 세월 다시 와 봐도
사랑할 수밖에 없는 아름드리 노거수
골골마다 사랑방 화롯불
삶의 향내음 양천의 문화
새 서울의 희망이여

길 잃은 영혼

청산은 어디로 가고 가고
유수는 어디로 흐르는가
남으로 가며가며 뒤돌아본다
유수와 청산은 두 손 꼬옥 잡고
북풍 막으며 버티어 가고 가고 있다
청산은 어이 하여 높이 솟아 서 있고
유수는 어이 하여 강물 높이는가
오고 간들 가고 간들 청산은 청산뿐
높은 산에 눈 내리고
강물엔 비바람 쫓아가듯 가는 길손
청산과 유수는 남으로 남으로
밀려가듯 가는 고향 나그네
하늘에는 먹구름 바다에는 태풍 너울
노도의 힘찬 숨소리 나의 둥지는
새로운 삶의 새싹들이 움트고 있다
나는 나의 임종 시까지 내 둥지를
지키며 긴 밤을 혼불로 지새우며
먼 훗날 다시 오마
길 떠나는 나그네

우산

날씨가 흐리면 그림자가 없다
그날도 비가 내려 그림자가 없다
멀리서 보면 우산 속
두 얼굴은 한 폭의 그림이었다

이른 아침 비는 새롭게 와
떠나는 노도의 흔들림으로
우산을 접다 편 자리
그림자 없는 그림자로 서서
기다림으로 밤을 샌다

부러진 우산을 들고
깊어가는 어둠 속을
조심스럽게 스쳐가는
비슷한 얼굴들

어둠을 가르는 그림자들만
가로수 사이로 사라진다

애기단풍

청단풍 홍단풍 애기단풍
청초록으로 태어났을까
원색의 역사는
태초 청단풍의 조상이었을까
출생의 비밀일까
변화의 색채는 머언 날에
붉게 물든 한 폭의 그림으로
남아 있을 자연의 재산이다
누구나 뿌리로 돌아갈
연리 근의 인연으로 가고 있다
계절의 여왕들도 자연과 손잡고
낙엽을 만나서 길을 나서
물든 단풍을 찾아와 감탄하고
바람이 미는 데로 가고 있다
갈수록 첩첩산중
길 없는 길을 가고 있다
애기단풍을 품에 안고
즐겁게 떠나는 뒷모습이
단풍보다 아름답다

오지 않고 가는 가을

지구를 태울 듯이
기세를 부리며
당당하게 더위를 몰고
산하를 괴롭히던 한여름도
지금은 꼬리를 감추고
어디론가 사라지고 없다

이른 새벽 문 흔들며
날 깨우는 낯익은 소리

자리를 털고 나와 보니
반갑게 미소 짓는 초가을이
날 찾아 이곳까지 물어 물어 와
두 손 꼭 잡고 뒷산 모롱이에 와
철 잃은 낙엽들이 환영의 박수로
물들어가는 가을 소리 퍼져 날고

밝아오는 아침과 오는 가을
기다리는 계절은 느끼기도 전에

떠날 준비로 바쁘다

오지도 않고
가버리는 가을은
쉬엄쉬엄 왔다
싸목싸목 가시나

비 오는 날 떨어진 은행잎

은행잎이 비바람에 떨어져
온 신작로가 노랗다
황금빛으로 물들여 놓은 아스팔트 길
눈이 시려 앞을 볼 수가 없다
은행잎을 밟으면
발밑에서 철버덕 철버덕
은행잎 밟히는 소리
길은 없고 은행잎뿐이다
달리는 차들의 행렬
황혼이 황금빛 낙엽을 불러 모아
목청껏 부르는 가을 노래가
나그네 빛 방울 사이로 울려 퍼지고
은행 향수가 가득 가득 차오르는 축제이다
옆길로 조심스레 오가는 행인들 은행 알 밟으면
아작아작 톡톡 터지는 소리가
깜짝 깜짝 놀라게 한다
하늘도 산하도 노란 가을
은행잎은 비바람에
쓸쓸한 나그네

나는 내가 아니올시다

나는 내가 아니올시다
언행일치 못한 것도 다 내 탓이올시다
한 세상 긴 여정 어디에도
나의 흔적은 없습니다

네 발 달린 짐승처럼 산하를 다 뒤져
먹이 찾아 밤낮 허송살이
고향과 생이별 그냥그냥 지샌 밤
어디에도 나는 없습니다

빈 메아리만 하늘가로 아스라이 사라지고
어젯밤 꿈에서 만난 길동무
중병 든 촌로 한양 명의 찾아
달려든 서울 의술 인술 받는 것은
잘한 건지 못한 건지 내가 나를 몰라본다

통증은 조금씩 잦아들지만
서울은 마지막 희망지
먼 산 보는 눈가에 강물이 흐른다

야인 집에 참새들만 모여든다

봄바람 부드럽게 불고
계곡에는 물소리 아름답다
무엇인가 새로운 것이 올 것 같은
따뜻한 녹색바람 상쾌하구나
봄 향기 가득한 꽃핀 언덕
늦은 초목만 무성하구나
구석구석 넘쳐나는
석양이 산에 비치니
꽃과 풀잎에 향기가 가득하다
봄기운 불어 넣은 초목들
강산은 평화롭고 바람은 시원하구나
비바람은 순조롭게
한가로운 들녘 새파란 꽃 위에
새벽바람 향기롭다
참새들 모여드는 야인의 집에
꽃들은 산 위에서 피고
물은 강 언덕에 가득하구나

꿈속에서 꿈을 꾼다

심신이 약해지면
꿈을 많이 꾸는 것일까
어젯밤 꿈 때문에 즐거웠다
꿈에서 받은 혜택은
주는 것일까 받는 것일까
야산 공동 유택지에서 토종 술장사를 했다
집집마다 사주고 팔아주고
장사는 대박이 났다
그것은 행복한 사고였다
가득가득 넘쳐나는 풍년 농사
웃음꽃 피어나는 대부가 되었다
잠에서 깨어나서 꿈은 꿈으로
사람은 사람을 상대로 사는 것이
참삶이다
오늘밤 누군가 대박 날 꿈을 묻는다면
꿈을 꾸어야 대박이 나지
산다는 것은 죽음의 연습
심신이 피곤해 꾸는 꿈은
꿈일 뿐이다

샘물은 누구의 눈물일까

끝없이 솟는 샘물은
누구의 눈물일까
울어도 울어도
샘물은 끝나지 않네
석양까지
해 따라가는 해바라기
가슴 깊은 한 있길래
해 따라 가며 가며
자신을 태우는가
밤낮으로 솟아나는 샘물은
누구의 눈물일까
구름아 날 싣고
바람아 가자
해바라기야 같이 가자
샘물아 끝나라
눈물 멈추게
오늘도 해는 져도
샘물은 솟아나네
속가슴에 품은 한

어디다 풀어야
눈물이 끝날까
밤새워 흘린 눈물
샘물로 솟아 흐르고
해 따라간 해바라기
밤 새워도 오지 않네

지구촌을 걸어서

생활하다 보면 관청출입을 하게 된다
나를 대신해야 할 것은 주민등록증뿐이다
속주머니에서 낮잠 자던 주민증은
담당직원 확인을 거쳐
사인을 하고 처리가 끝난다
권리행사를 당당히 한 민증은
주머니 속으로 들어간다
하늘 아래 아무도 나를 대신해 줄
그 누구도 없다
그러나 민증만이 나를 보호하고
24시간 지켜준다
자신을 밝힐 보증서
동민증은 가까운 피붙이보다 헐 났다
절대 승복에 부정하지 않으며
권리 행사하는 민증이다
혈족 피붙이 어느 것도 주민증만 못하다
민원의 필수인 민증은
나를 지켜주는 수호군이다
파살 고추처럼 저승꽃이 덕지덕지

피어 있는 늦가을 나는 어디에도
쓸 곳 없는 폐물이지만
주민증은 당당히 나를 대신해
기본 질서를 위해
민중과 나는 지구촌을
걸어서 가고 있다

제**3**부

줍고 가는 삶

술 취한 밤

금년에는 유난히
하이얀 눈이 기다려진다
백옥 같은 눈이 보고 싶다
눈을 보고 싶을 때
마음대로 볼 수 있고
떠날 때 언제고 떠날 수 있어
참 좋은 만남이다
내일 없는 오늘
그러나 기다릴 시간이 부족하다
오지 않는 것일까
못 오는 것일까
내가 찾아 나서야겠다
지구 밖으로 나가
지구를 붙잡고 지구 따라 가다가
눈 천국을 만나면
그곳에 살다가 가야겠네
그곳은 설백 세상일까
세계 속에 더 좋은 세상이
많이 있겠지만

날 기다려 줄 시간이 없다
어디쯤에서 오는 눈은
날 찾아오는 눈일까
분배 받은 시간 속에
나의 분량은 얼마일까
이별의 축배를 마지막 쏟으며
하늘에서 만날 것을 약속한다
흰 눈과 하이얀 눈 무엇이 다르랴만
술 취해 찾아든 단골주막
만남과 이별은 더욱 슬프다
바람 불며 단풍은 낙엽으로 지고
기다림으로 쌓일 눈
어디쯤 오고 있을까

가을 여인

가을이 깊다지만
님의 마음만 못합니다
가을 바다가 푸르지만
님의 속살만 못합니다
가을이 온다지만
그림자 없는 여인입니다
가는 가을 못내 못 따라가고
오는 단풍만 낙엽 집니다
오지 않는 가을 여인
홀로 맞으려
고갯길 바람소리
님 부르는 소리
가을 가듯 가신 님아
가을 오듯 오소서

보고만 살자

팔도강산 어디에도
우리 소유는 없습니다
님은 날 보고 나는 님을 보고
보고만 살자 배불리 살자
다시 태어나올라시면
태산만큼 큰 재산 가져오렵니다
이승살이 돌고 돌아
맨발로 걸어왔습니다
태초에 우리는 빈주먹
가진 것이 없으니 도선생이
한 번도 오지 않습니다
가을비가 가난을 비웃으며
구멍 난 지붕을 힘없이 건너
조심스럽게 내립니다
가난은 나라님도
못 말리는 무서운 것
그 가난의 소유자는
님과 나올시다

원초적 첫눈

금년 새 아침
산 너머로 얼굴 내미는
해는 유난히 맑고 미소스럽다
하늘을 붉게 칠하며
환하게 웃으며 떠오르는
고운 해야 솟아라
붓끝으로 세상을 색칠하며
백화 그림을 그린다
높고 낮은 산과 들
깊고 얕은 물의 원심력으로
세상을 버티며 하늘을 돌고
첫눈을 가슴으로 맞이한다
새벽시장 사람 사는 소리 시끌벅적
새롭게 향기로 피어난다
계절이 품어내는 원초적 힘
추위를 이겨내는 힘은
지혜로운 축배를 들고
오는 눈을 가슴으로 맞으며
내일을 기다린다

황혼 나그네

등 뒤에 시악사악
낙엽 밟는 소리
석양 하늘 노을 진 황혼
바람에 쫓겨 가는
낙엽의 그림자
떨리는 산울림으로
오방색 단풍이
가을 산을 흔들며
한 폭의 그림을 채색한다
메아리로 들려오는
풍경소리 가슴에 품고
가지마다 꽃인 양 피어나는
단풍은 가을여신
가만히 손짓하는
저녁 짓는 굴뚝 연기
집시의 일생처럼
황혼 따라 가는 나그네

해야 해야

겨울산과 가을산은
높고 낮음이 없다
신록의 푸르름도
단풍이 들고야
높이와 낮음을 알 수 있다
백옥 같은 설원
눈 덮인 산과 들
세상은 붉은 하늘
동에서 서쪽으로
불타 가고 있다
모닥불처럼 까닭 없이
부챗살처럼 퍼져 나가며
연기는 하늘 덮어간다
낮보다 더 밝게 구름을 색칠하며
연기도 구름인 양 그림자로 남아
종일토록 타다 석양 품에 녹아
밤바다에 수장하고
꽁지 없는 하루살이
동짓달 짧은 해야 가지 말고

하룻밤 쉬어간들 별탈 있으랴
오늘밤 나랑 일배 일배 주일배
두루뭉술 취했다가
막힌 곳 있으면 뻥 뚫고 가자
해야 가자 같이 가자 해야

가을 나그네

새벽 창이 흔들리는
바람소리에
잠에서 깨어나 창문을 열었다
눈 안 가득 담겨 있는 단풍은
밤 새워 왔을까
선잠을 깨운 새벽
낙엽 지는 소리
눈 앞에 펼쳐진 전경
자연 앞에 고개 숙여
온 세상이 단풍으로 물들어
자연의 오묘함이란
신비스럽기 짝이 없다
인간은 흉내도 낼 수 없는
가을 나그네
황혼 따라 어디로 가는
가을인가
가을 나그네

님아 같이 가자 · 1

나 같은 사람도
인간이라 불러도 될까
나 같은 인간도
사람이라 해도 될까
열 손가락 다 닳도록
일만하며 살아오신 님아
그러나 그 어디에도
그런 흔적은 없습니다
구차함만 첩첩 쌓여 있습니다
날 몰라보는 님이시여
다 말할 수 없어 용서를 비는 죄인
호올로 우옵니다
님아 가자 두 손 꼬옥 잡고
같이 가자 가을이 가기 전에
흐르는 눈물이 강이 되면
그 강에 배 타고 가자
님아 가자 어서
오늘밤 자정에 가자

님아 같이 가자 · 2

하늘을 날고 싶은 님아
바다를 걸어가고 싶은 님아
앞뒤 산 뻥 뚫고 남으로 가자
구름 타고 님아 같이 가자
석양 하늘 황혼 따라 가자
홍, 청, 묵, 수석으로 조각 같은
집을 짓고 비바람도 빗겨갈
그런 집을 지어 추녀 끝 바람소리
특급세상 새롭게 살다 가자
이별 없는 구름 타고
님아 같이 가자
동서로 해 따라 가자
하늘 보고 땅을 보고
우리 님 마주보고
같이 살다 같이 가자
하늘나라 머얼리 가자
님아 낙엽에 바람 가듯 두 손 꼬옥 잡고
오늘밤 삼경에 종소리 울리거든
님아 같이 가자

잠 못 이루는 밤

잠을 깨고 나면
눈앞에 나타나는 당신
당신은 누구십니까
나에게는 누구 엄마로만
기억되어 있습니다
이것은 아무래도
치매의 시점이라는
생각이 듭니다
오늘밤도 님은 오지 않고
누구의 엄마만 왔습니다

줍고 가는 삶

마지막 순간을 안 보려고
고개를 돌리면 몹쓸 병마는
병실에 먼저 와 있다
고통을 덜어주기 위해
앞서가는 구급차
귀한 생명 또 한 사람 떠나가네
이승과 저승이 무엇이 다르랴만
달라도 너무 다른 것 같다
그림자 고운 산 그늘 불빛 없는 밤
비는 하늘에서 오고
물은 땅에서 하늘로 퍼 나른다
바다 속 생태를 다 동원해도
수부족이다
하늘과 땅 사이
낮에는 높은 산들이 울고
밤에는 내가 우는 건지
모든 것은 지구인들이 공유할 것을
왜 내가 도는 건지
슬픔 가득한 안개 타고

산에 올라 구름을 잡는다
이승살이 끝나고 저승길 찾아
번지를 줍고 갈라진 대빗자루로
이승과 저승길을 쓸고 또 쓴다
향내 나지 않는 화로에는
불 꺼진 지 오래인 것 같다

님은 갔습니다

해 저물어 가듯 가신 님아
날 저물어 가듯 가신 님아
가도 가도 끝없는 하늘나라
바람아 구름아 내 님 싣고 오너라
오도 가도 못하고 울고만 있는 님아
서쪽으로 도망가듯 가는 구름아
숨 가쁜 임종소식 급하게 듣고
쫓겨 가듯 가는 거냐
가지 말고 오너라
남쪽 끝 따뜻한 곳에
님의 유택 모셔놓고
오늘도 와 본다
해 저물어 가듯 가고
날 저물어 가듯 가서
다시는 못 오시는 님아
한 번쯤 떠나보고 한 번쯤 가보자
님이 계신 곳 그곳이 어디일까
못 믿을 쌓인 한
날 두고 가시옵니까

나는 어쩌라고 가시리 가시리
그냥 그냥 가지 말고
왔다 가면 그곳이 희망역인 것을
님아 해 저물거든 갔다 오소서
날 저물거든 갔다 오소서
날 보고 가소서
님아 님아

무정세월

이승살이 고개를 넘고 또 넘는다
나를 배반한 그 사람은
중병이나 입원 중이란다
과욕은 불씨인 걸
사람은 언젠가는 겪고 가야 할 행사이다
가자 어서 가자
그 인간 마지막이 언제일까
해기 있을 때 가자
밤은 사람의 날이 아니란다
저승도 강산이 있을까
황혼 따라 지는 해
지고 싶어 지는 건가
강변에 내리는 비야
허리가 휘도록 모래성을 허무는가
파도소리에 놀란 가슴 떨고만 있네
푸른 물은 흘러서 어디로 가고
세상에 쌓인 한
가거라 저세상으로 앞장서 가자
만고풍상 이승살이

등이 휘어 펴지지 않네
못나서 받은 상처
눈물 말고 무엇이 남아 있을까
무정세월 허리춤에 매어 달고
깊은 바다에 수장하여 유택 짓고
가고 가고 또 가서 오지 말자
이승살이 오고간들 고개 숙여
뉘라서 이별 고할 이
어디에도 아무도 없다

겨울밤

짜증스런 겨우살이 고개도 많다
넘고 나면 또 있고 임종 시까지
넘어야 다 넘을까
발목이 휘도록 첩첩산중
사람 냄새는 어디에도 흔적이 없다
산짐승들 우는 소리만 간간이
산울림으로 가까이 오고 있다
산과 산 사이로 물 흐르는 소리
샛길로 사람 다니기는 여간 옹살다
묘한 악취 냄새가 내 곁을 지나간다
나는 외쳤다
사람이면 나오고 짐승이면 물러가라고
큰소리로 앞 뒷산이 흔들리게 외쳤다
이 산을 넘어야 외갓집이 있다
오늘밤이 외갓집 제삿날이다
외갓집은 강변 따라 가다가
휘어진 언덕으로 올라가면
그때야 귀신불같이
불빛이 빼꼼하게 새어나온다

순간 아 살았구나 하는 생각이 들었다
쩐타령 사랑고개 넘고 넘어
구걸하듯 넘어온 고개
호올로 겨울밤을 보낸다

차들의 전쟁

오고 가는 자동차들
천이나 만이나 세다가
방바닥에 엎드려
아침을 기다리며
밤 새워 지구의
숨소리를 듣는다
세상은 자동차 천국이다
오가는 차들의 행렬
소리 내어 웃고 울고 치고 박고
차들의 세계는 상처 투성이다
전쟁과 평화가 동시에 공전한다
차들은 누굴 위해
밤낮 싸우는 것일까
오가는 차들
천이나 만이나 숫자를 세다가
잠이 든다

제 **4** 부

하늘복덕방

영원 단풍이고 싶습니다

산 모롱을 쓸고 가는
늦가을 계절풍에
쫓겨 가는 낙엽들
절룩거리며 굴러간다
낙엽은 어디로 가는 건가
바위틈으로 숨은 듯 가고 없다
어미단풍 새끼단풍 단풍일까
길도 없는 길 가고 있다
온몸이 부서져 상처투성이다
목적지도 목표도 없이
하늘에 맡긴 운명
내일 없는 오늘은 가고
하루살이처럼 짧은 생을 마감할
이별 연주곡 슬픈 낙엽이여
울어도 눈물 없는 단풍
영원한 헤어짐
갈수록 갈길 없는 길
한평생 단풍으로 살고 싶습니다

마르지 않는 눈물

얼마를 더 울어야 눈물이 멈출까
얼마를 더 울어야 눈물샘이 마를까
나 어디에서 왔을까
그리고 어디로 가고 있을까
뒤돌아보면 생각나는
얼굴들이 구름 사이로
언뜻 언뜻 젖은 모습으로
어디로 가고 있을까
구름 뒤에 숨어 과거를 태우며
슬픈 선구자로
앞서가는 바람일까
무지개다리 건너
그림자 없이 눈물자국만
남겨놓고 어디로 갔을까
얼마를 더 울어야 다 울까
얼마를 더 가야
그대 곁에 갈 수 있을까

하의도에서 청와대로

훈훈한 봄바람도 남해에서 불어오고
노오란 개나리도 남해부터 피어난다
평화의 물결도 남쪽 바다에서 일고
평화의 여신도 남쪽 땅에 살고 있었다
하늘 아래 흰 구름 감싼
하의도에 새 태양이 떠오른다
가슴마다 축제로 피어나는
무궁화동산
거북선 돛대 위로 갈매기 춤추며
몰려드는 민중들 한 마음 되어
뜨거운 정 와락 끌어안고
조국찬가 부른다
싱그러운 바다 내음 이슬 앉은 잔디밭
새 천년 새 아침 공작의 무늬 빛
가슴마다 마음 열고 희망의 노래 부른다
청송의 가지마다 봉황이 날고
물소리 새소리는 민주의 노래
천지가 밝아와 왕조가 웃고
조상님 기침소리가 담을 넘는다

슬픔의 그늘 한(恨)으로 비친 안개는
가는 천년 따라 가거라
하늘로 향한 어사화 하의도를 지키며
인동초 강함 깨달음을 배운다
피어보지 못하고 떨어져 간 젊음들
이제 청와대는 타향이 아니다
얼어붙은 자유를 비집고
헤쳐 나온 무쇠보다 강한
인동초는 강산 가득 자유와 민주의 향기로
영원히 피어 있어야 한다

*김대중 대통령 당선 2주년 기념식 날 하의도 생가에서
 낭송한 시

나의 반성

못나서 미안합니다
없이 살아서 죄송스럽습니다
쩐이 없어 더욱 더
죄인 같습니다
유머도 없고 개그도 못해
거시기하고
따따블로 부끄럽습니다
아무래도 나는
잘못 찾아온 것 같습니다
실수로 번지수를
잃어버린 것 같습니다
하늘 보고 땅을 보고
지구촌 모든 이에게
사죄드립니다
남들이 상 받을 때
나는 벌 받아야 했고
남들이 춤추고 웃을 때
나는 춥고 더운 눈물이
샘물처럼 흘러야 했습니다

지금의 삶을 반성하며
큰절로 사죄 올립니다
못나서 죄송합니다
그리고 미안합니다
사는 것이 이렇게 까다로울 줄
이승에 오기 전에는 몰랐습니다
못나서 미안합니다

서울 서울 사람들

금년 겨울은 거시기 처갓집 가듯 가고 있다
겨울은 오는 건지 가는 건지 왔다가 갔는지
아직도 못 오는 건지
얼마 남지 않은 겨울 어떻게 보내야 할지
오만 가지 생각이 꽉 차 있다
서울 서울은 지금 전문대학 병원이
재래시장 상품처럼
여기 저기 널려 있다
약국 앞 팔차선 도로에는 차들이
덕석에 돔부콩처럼 널려 있다
시골집 가을에 콩팥을 널어놓은 것처럼
울긋불긋 마당에 새 쫓는 개처럼
나는 자빠졌다
한 번 넘어진 나는
도저히 일어날 수가 없었다
이리 저리 몸을 굴려 겨우 일어났다
택시를 타고 무사히 귀가는 했다
서울 서울 사람들은 존경받을 만한
가치가 없는 특별시민이다

나는 많이 서운했다
그리고 더 많이 실망했다
누구 하나 손 내미는 사람이 없었다
서울 서울은 아직도……

저승공화국

동네 사랑방 마실 가듯 갔다 오겠습니다
친우네 집 놀러 갔다 오듯 갔다 오겠습니다
동산에 아이들 불러 모아 이별인사
곱게 하고 오겠습니다
같이 간다는 약속은 못 지켜도
이승과 저승이 만나는 삼거리 주막집에서
기다린다는 약속은 지키겠습니다
누가 먼저 가든 먼저 간 사람이
다음 사람 올 때까지
기다리기로 한 약속은 지키겠습니다
연락편을 모른다면 물어물어
물어서 찾아가겠습니다
기다리겠다는 약속 버리지 마시옵고
약속은 약속으로 끝날 운명은 아니올시다
한 번 왔다 가는 인생 갔다가는 못 오는 건가
불공평한 저세상도 민주화 되어야 합니다
자유가 앞장서야 합니다
마음만 먹으면 언제든지 왔다 가고
갔다 오고 해야 합니다

이승과 저승은 만남의 광장이 필요합니다
새로운 시대 새로운 세상이 올 것입니다
민주화로 자유화로 우리는 만남의 광장에서
새롭게 만나야 합니다
시작은 자유 자유로 시작합니다

겨울 속에 봄비

겨울 속에서 봄비가 온다
계절이 착각일까 하늘이 치매일까
무엇이 한참 잘못된 것이다
지구촌에 누가 봐도 세상 누가 봐도
이것은 분명 봄비다
봄에만 오는 것이 봄비가 아니라
겨울에 와도 봄비는 봄비인 것이다
하루하루가 정신이 혼돈되어
세상이 어지럽다
계절이 꼬이고 사람들 마음까지 꼬여
분간할 수가 없다
겨울은 그 자리에 있는데
봄비가 판을 치고 산하를 적신다
가을과 봄 사이에 끼어 있는 겨울은
미안한 생각으로 이러지도 저러지도 못하고
정신병 환자처럼 하늘 공간을 헤매인다
갈 곳 없어 움츠려드는
겨우살이 뒷모습이 처량하다
계절이 미쳤을까 하늘이 치매일까

무엇이 잘못 되어도 한참 잘못 된 것 같다
겨울이 봄 속에서 미안한 모습으로
오도 가도 못하고 떨고 있는
겨울은 눈을 감고 하늘을 본다
누구의 탓이 아니라
겨울 속에 봄이 살고
봄 속에 겨울이 살아남기 위해
몸부림을 친다

나는 나에게 미안하다

후회 없는 삶을 살고 싶습니다
뉘우침으로 깨닫고 살고 싶습니다
새롭게 시작해야 할 삶은
자연과 노동입니다
더불어 산다는 것은 참 행복일까
농자금 빌려다가 농사짓는 것도
부담스럽고 정신적 고통이 위험스럽습니다
어느 것 하나 쉬운 것이 있겠습니까만
아무리 애써도 한 사람
노임도 나오지 않습니다
어촌의 어부 농촌의 농부들
정성을 다해 노력해 봐도 한 사람의
날품삯도 안 되는 현실입니다
노동의 현장에는 앞뒤가 꽈악 막혀
움직일 수가 없습니다
산다는 것이 곡예사가 줄타기하는 것처럼
위험스럽기 짝이 없습니다
언제쯤 후회 없는 삶이 올 것인가
새벽부터 석양까지

처져가는 육신에게 미안한 생각뿐입니다
자연 앞에 세워두면
인간은 얼마나 작은 존재인가

잃어버린 계절

매일 죽고 매일 살고
삶과 죽음을 반복하며
등산로 입구에 서 있다
오늘도 가까운 곳이지만
여행을 해야지 하는 생각으로 길을 나선다
예년 같으면 깊은 산은 겨울눈이 쌓여
등산은 생각지도 못했을 것이다
금년 겨울은 초가을 날씨 같은 겨울이다
높은 산이고 낮은 산이고 할 것 없이
눈은 구경도 못했다
작년 같은 경우 눈 때문에 사고가 많이 났다
허나 금년 겨울은 좀 다르다
계절의 체면이 말이 아니다
아직 눈 구경을 못한 무논의 스키장
재래식 스키는 물론이고
썰매 하나 구경할 수가 없다
오늘부터 겨울방학이지만
겨울은 실종되어 볼 수가 없고
봄은 아직 일러 오도 가도 못하는

틈 사이로 비집고 나오는 계절들
봄은 봄대로 겨울은 겨울대로
서로 미안한 생각으로
오도 가도 못하고
먼 산만 보느냐
지구를 원망하랴
하늘을 원망하랴
잃어버린 계절아

나의 임종은 자정에 오라

사람아 사랑아
그리 좋은 사람아
까맣게 날 잊고
그리 쉽게 가신 님아
지금은 어디쯤에서
무엇에 취해 있을까
그리 쉽게 지워지든가요
그리 쉽게 잊어지든가요
눈 감으면 가슴 속에
눈 뜨면 온 세상이
님의 얼굴뿐입니다
높은 산 넓은 바다에 새겨져 있는
님의 모습뿐입니다
오늘밤 삼경에 종소리 울거든
내가 떠난 줄 아시게나

하늘복덕방

하늘도 하늘 소유자가 있을까
땅은 네 땅 내 땅
땅 가진 자들이 땅땅거리고 산다
땅 부자들이 존경받고
우등인간들이 우대접을 받으며
잘 산다
쩔쩔매는 서민들도
어쩌다 운 좋아 쩐 부자가 되었다
쩐 앞에서 쩔쩔매는 졸부들도
쩐만 만나면 쩡쩡거린다
하늘과 바다
땅과 하늘
가진 자와 못 가진 자들
사이에 끼어 있는 중생들
갈 곳은 많아도 갈 곳이 없어
올 겨울은 겨울이
겨울도 아니다

쩐이 지배하는 세상

어찌 하오리까
중생의 아픔을
후회 없는 삶이란
뉘우침과 깨닫고 오는 새로움이다
자연과 더불어 산다는 것은
행복일까 행운일까
후회 없는 삶이란 무엇 때문일까
쩐 때문일까 쩐이 지배하는 세상
답답한 중생아
무엇 하러 태어나
민폐만 끼치느냐
겨울이야 가든 말든 봄비야 오너라
거미도 줄을 쳐야 벌레를 잡는 법이란다
나도 내 역사가 있고 나의 세계가 있다
전설로 기록될 생계용 하루살이
날품삯이 초라한
주머니 속을 지킨다
어느 것 하나 시원하게 풀리는 것이 없다
감기기만 하는 인생사

중생의 아픔으로 속울음
삼키며 가야 하는 그림자
나에게 맞지도 않는 옷을 입고
길 없는 길을 가고 있다

황혼인생

설원에 피어 있는 눈꽃들
무엇이 좋은지 웃고만 있네
하늘 보고 땅을 봐도
온 세상이 하이얗네
구름 가득 싣고
바람 따라가는 눈구름아
가고 가다 높은 산 돌고 돌아
눈이 부셔 쉬어간들 어떠리
멈추었다 넘고 넘어 가고 가자
비바람에 쫓겨 가듯
가는 황혼 눈물 적시며
눈물인지 눈물인지
눈 때문에 눈물이 난다
오는 눈 좋아라
동심들 눈꽃이 만발이네

이별 없는 만남

만남과 이별 뒤돌아보면
아스라이 가고 있는
그림자 없는 여인입니다
헤어지는 찻잔 속에 떠 있는
님의 얼굴은 눈물로 가득 차 넘쳐납니다
님은 슬픈 파도 타고
철썩 철썩 바위에 부서지는
포말 아픔입니다
들녘의 이랑으로 아롱거림은
눈이 부셔 눈물이 쏟아집니다
첫 여인의 놀란 몸부림
변해 가는 변화에 숨을 곳을 찾아
무엇인가 뉘우침을 깨닫고
새로 시작해야 할 내일은
오는 겁니까 가는 겁니까
나는 나를 찾아 이별 없는 만남을
울고 웃고 가옵니다
가시옵니까

갓길로만 가야 한다

– 서울의 길

서울 서울은 천국과 지옥이
공존하며 살아가고 있다
나는 그냥 하루하루
무사하면 다행이라고
깊이 생각하면 되는 것이다
서울은 어디를 가도
차가 사람보다 많다
차가 사람을 보호하고
사람들은 차를 무서워한다
서울 서울 사람들은 머리가 참 좋다
다른 것은 몰라도
운전하는 두뇌는 우등생이다
존경스럽고 부럽기도 하다
차가 주가 되고 사람이 종이 되어
살고 있는 셈이다
한참 사색에 빠져 길을 가고 있었다
순간 내 엉덩이에 대고 빵 빵 빵
울리는 바람에 또한 기절할 뻔했다
죄인 아닌 죄인처럼 갓길로 갓길로

조심스럽게 가야 한다
서울 서울의 길은
위험스럽기 짝이 없다

그 대

시 김정삼

그대 눈빛은 은밀히
내게 익어 있습니다
바람에 실려오는 그대 냄새는
삶의 향기로 피어납니다
한철풍 계절에도
따스함으로 감싸주던 그대
그대는 지금 어디 있습니까

제 5 부
꿈틀거리는 계절

봄이야 오겠지

눈이라도 소복소복 쌓였으면 좋겠다
푸른 잎 하나 없는 산하에
흰 눈이라도 쏟아졌으면 좋겠다
계절 속에 미소 짓는
봄 내음 가득한 해 저문 날에
여기 저기 봄인 양
제비들이 날아든다
이윽고 겨울이 가면
봄이야 오고야 말겠지만
새 소리가 기다려지는
맑은 물 흐르는 곳에 와 있을
푸른 풀잎들 어디쯤에
봄 찾아오고 있을까
성급한 봄소식은
간신배 노릇을 한다

겨울 길손

꽃다운 소식
먼저 전할 곳이 없습니다
봄소식 전해 올 뉘 없습니다
겨울 하늘은 어둡고 공기는 맑습니다
나뭇잎 하나 없는 겨울 산
누그러진 강추위는 꼬리 잘린 도마뱀
산길 가는 겨울 나그네
산봉우리 흰 구름만
새벽바람에 쫓겨 가듯 가고 있습니다
끝없이 맑고 깨끗한
겨울 풍경 아름다운 강산입니다
철 잃은 난향은 봄 향기 잡아
푸른 산 그림자입니다
그리운 님의 모습 비치는 곳에
난 향기 물든 산
더욱 아름답습니다
구름 한 점 없는 하늘
상쾌함만 더해갑니다

마지막 인사

쓸쓸한 바람만
숲속에 가득하다

오늘밤 달빛이 너무 밝으니
더욱 쓸쓸하다

빈 마음만 강산이 흔들거리며
호올로 늙어가는 산이 높아 보이네

달그림자 비바람 속에
한숨소리 가득하고

오늘도 웃고 울다 잠든 나를
있는 그대로 옮기어 와
이슬 잎으로 덮어주오

잘 가라는 인사는
없어도 무방하오리다

잠든 나를 깨우는가

떼 지어 날으는 참새들
눈 내리는 허공에 지저귀며 노닌다
송죽 사이로 제비 한 쌍 곡예비행
날아 놀고 지붕 위에 둘이 마주 보고
무엇인가 정답게 주고 받으며
바람 따라 가지런히 날으네
제비들은 멀리 조용히
구름가에 떠 있다가
안개를 벗 삼아 높이 높이
하늘가로 누굴 찾아 가는 건가
오늘도 오고 가며 비행하는
바쁜 몸놀림 소리가
잠든 나를 깨우는가
가깝게 두 날개를 펴고
내게로 와 새해 인사를 하고
또 어디론가 가버린다

남쪽으로 가는 구름

힘 없는 늙은 말처럼
비바람에 맡긴 몸
해지도록 마당가에
누굴 기다릴까
노을이 물들 무렵
지나가는 소 울음소리
한가롭게
꽃을 봐도 하늘 봐도
남으로 가는 구름만 보이네
난꽃 향기는 스스로
천 리를 간다는데
이슬 머금은 춘백
홀로 탄식하는구나
봄이야 떨어진 꽃잎들
흰 구름 가는 곳에 나도야
내가 먼저 가 남쪽 바다 건너오실
우리 님 기다릴까

꿈틀거리는 계절

가을 하늘 맑고 깨끗하다
구름 한 점 없는 끝 없는 하늘
시원하게 떠가는 흰 구름 그림자
우아한 계절 즐기며 어디로 가는가
술잔을 비우고 쓸쓸히 흔들리는
술 향기 바람을 즐기며 꿈틀거린다
어디서 불어오는 상쾌한 눈바람
안개 낀 산허리 호올로
산이고 싶다 산이 되고 싶다
울산의 언덕에 쌓여 있는 봄소식
그리움만 바닷가에 철썩이는
파도소리 졸고 있는 나를 깨우는가
버드나무 키 너머로
님의 소식은 언제쯤 오시려나
한평생 겨우살이 끝 없는
황혼길 해 저문 날에
가고 가는 길

불쏘시개

내 나이 몇 개일까
환갑 진갑 다 까먹고
피골이 상접되어 불쏘시개용이다
밤은 스스로 어두워지고
삶은 새벽 달빛에 비친 님의 모습이다
샘가에 떨어지는 수다스런
여인네들 이야기는 연기로 흩어지고
손님상에 오른 열매들은
밤이슬도 찬데 어느 때
입에 맞은 붉은 과수들
서리 오기 전에 열매는
입에 젖어 향기롭다
별채 깊은 곳에 멍석 깔고
임의 마음 깊은 뜻 눈물입니다
남풍아 불어라 한 번 갔다
다시 온 천년 만에 맺은 인연
매화는 한평생 추위에도 향기롭다
불어라 바람아 멀리 가거라
향기롭게 가거라

웃어도 눈물이 난다

강남을 바라보며
눈은 막 개었건만
달 아래 배 띄워 물 따라가면
남으로 갈까 바람아
흰 구름 접었다가 문 앞까지 남으로 가자
할 일이 전혀 없어 문 닫고 앉았으니
하이얀 백발만 창에 비치네
남은 눈물 내 뺨에 고이고
웃어도 눈물이 난다
긴 한숨소리 깊어가는 밤하늘
칠흑 같은 슬픔만 떨어지고
밤낮 이틀 자고 나도
가슴 아픈 정만 남아 있네
나를 읊은 시 한 수가
구원의 손길로 밤하늘 별을 따다
나그네에게 전할까
가거라 오너라 가고 오너라
남으로 남으로 가자 가자

사람은 사람이어야만 사람이다

소 몰고 가는 방울소리
구름 위에도 들릴까
한가로이 해질 무렵
느릿느릿 먼 길 소 타고 가는가
소 우는 소리가 마을로 오네
취해서 노래하는 강 언덕에
산비둘기 울어대는
저녁노을 붉게 타고
천년을 지난 새가 본래
푸른 산에서 사는 것인데
무슨 일로 인간에 들어와 사는가
구름 그윽한 바위를 감싸고
산에 사는 사람은 산에서 나오지 않네
산사람 어깨에는 이끼만
푸르게 끼어 있네
사람이 사람을 해롭히지
않는 사람은 진정 사람이다
눈 덮인 산이 조금씩 밝아진다

술잔에 띄운 탄식

사글세로 하루하루 이어가는
야인의 집 찾아오는 객 하나 없다
숲속의 새들이 부럽다
집안에 쌓여있는 것은 책들뿐이다
마음 아프게 서러워
나뭇가지 잡고 산 열매
계곡에서 따 먹고
문전에는 아이들뿐이네
소나무와 국화는 아직도 남아
향기만 방으로 든다
난세에 바람에 밀려
남으로 남으로 가고
이슬 머금은 들국화
이 시름 잊게 하는
멀리 띄워 보낼 꽃을 따다
호올로 탄식 술잔에 띄운다

실종된 계절 · 2

– 겨울

금년 겨울은 중변 든 환자이다
올 줄도 갈 줄도 모르는
부동 계절이다 한겨울이
다 와도 어디에 납치되었는지
감금되었는지 오다 말고
잠을 자는 건지 죽었는지 살았는지
실종된 겨울은 흔적이 없다
겨울아 어디로 가고 있느냐
남은 눈물 헤치고 겨울을 배신한
겨울은 병들어 어디로
어디로 갔을까
영영 못 오시는 것일까
산은 높고 물은 병들어 끝없는 바다
죽어가는 병든 겨울
난세에 탄식하며 남쪽으로 갈거나
북에서 오는 병든 매미가 운다
어디로 갔을까 오다 말고
병든 계절 오다 말고
남으로 남으로 갔을까

일 년은 삼 계절뿐이다
사계절은 누가 어디다 팔아먹었을까
도둑맞은 겨울 어디 가서 찾을까
일 년은 사계절 다시 찾아야 한다
실종된 겨울 잃어버린 겨울
생각만 해도 눈물이 난다

병든 겨울 투어

봄아 겨울은 어디 가고
봄아 너만 먼저 오느냐
겨울아 너는 겨울 내내 어디서
무엇 하길래 철 가는 줄도 모르고
봄이 겨울보다 앞서 왔느냐
겨울아 죽었느냐 살았느냐
사철이 오고 가도 겨울은 없더라
몹쓸 병이 들어
철 가는 줄도 모르느냐
죽는 듯 숨어 있느냐
무슨 때를 기다리느냐
너의 고통 내 다 알 리 없지만
나와 같은 아픔 있을까 싶다
오는 봄 가는 겨울 둘이 만나
여행이나 가거라
금년 겨울은 죄인 아닌 죄인
세상도 투어 인생도 투어
우주만물 사랑도 투어
세계로 계절답게

긴 여행 갔다 와
명년 겨울은 겨울답게
다시 만나자

실종된 겨울

해마다 겨울이 오면
귀찮고 지루한 눈과의 전쟁
일상생활을 괴롭히며 피해를 주었다
그렇게 흔해빠진 천덕꾸러기 눈이었다
2020년 경자년
달라도 너무 다르다
눈 구경 한 번 못한 겨울
술잔 속에 봄이 와 떠 있다
일 년을 기다려야 눈을 볼 수 있다
일 년은 사계절인데 겨울철은 실종되고
지금은 삼계절만 남아서
남쪽으로 가고 있다
하늘에 눈구름아
산하를 업고 평야를 달리자
상쾌한 비바람아 사계절 버티어 온
실종된 축월 어디서
다시 만날까
하늘 땅 다 찾아봐도
겨울 없더라

구차한 야인

슬레이트로 덮은 야인의 집
문전에 찾아오는 사람이 없고
반나절 내내 산열매만 따고 있네
집안에는 헌신짝만 여기 저기 널려 있네
높은 산 돌고 돌아 산모롱에 이르니
고요함만 신선 같구나
이슬 머금은 꽃을 따다
이 시름 잊게 하는 술은 내 세상이네
머리가 가벼워 시원하구나
외나무다리 홀로 건너와
빛 좋은 강산 안개 타고
산모롱 올라가
가난이 무엇인가 가엾은 이 몸
접방살이 작은 방 하나
풍우를 막으니 초가 한간도
내 집인 양 물은 조용히 흐르네
지는 꽃 우는 새야 봄바람 부는 대로
내 것인 양 잔잔하다
구차한 세상살이 언제나 끝나려나

산을 덮고 잠을 잔다

못난 민초 어디로 갈까
부질없이 보낸 일생
깊은 산 깊은 겨울
새 우는 소리는 슬픈 노래일까
아리따운 말일까
봄은 깊어도 이르지 못한
님의 마음 어디로 갔을까
산을 덮고 잠을 깨어
위 아래가 떨린다
뉘라서 같이 지낼 누구
꾀꼬리 밖에 없나니
홀로 지샌 어젯밤이
길기도 하다
실종된 금년 겨울
어디 가서 찾을까
어디 가서 만날까

제 **6** 부

사랑 증명서

난 · 1

난획 하나를 긋는 것은
법에도 없는 기법이지만
내가 구하고자 할 뿐
누구의 마음을 흡족하게 할 수 없다
춘란은 천작 같으니
그림과 난은 작정하고
그린 것은 아니다
싫어지면 산에다 심어주고
마음이 멀어지면
친한 벗에게 보내거라
고상한 경지에 오르면
다시 분양 받아 오너라
사람이 난을 좋아하듯
난도 사람을 좋아하더라

난 · 2

난향은 바람과 이슬로
맑은 향기 남에서 오네
그윽함을 멀리 풍기며
꽃향기 낭떠러지
바람 타고 건너가네
사람 있는 곳을 원치 않고
몇 해나 자랐을까
손 가는 대로 어지럽게
향을 뿜는다
높은 절벽 손을 뻗어
난폭을 잡으려도
산언덕 눈이 부서
돌아가도 못하고
난잎도 향기로운 소심
가지런히 소문난 난 그림같이
눈이 시리도록 보고만 가네

난 · 3

이제야 알 것 같다
난이 우리 조상님들 문화며
선비의 스승인 줄을
산이 울려 메아리는
난향이 응답하네
나는 어찌 하산하여
집에 있는 난이 꽃 피어
지도록 보고만 있을까
일생 일 난 꿈에 난초
어디서 어떻게
만날 수 있을까

난 · 4

난은 절벽에 피어 있고
봄은 겨울 속에서도 촉을 틔운다
찬란하게 피어야 할 꽃은
봄으로 깊어가고
나비는 들꽃 위로 날고 있다
잔잔한 강물은
산골에서 울기만 하지만
눈물 보기는 어렵더라
분주한 춘란은 바람 앞에 향기롭다
바위에 앉아서 시를 읊을 때는
새들도 말을 하더라
사람들이 다가오면 꽃들도 숨더라
산 넘어 들려오는 봄의 향연
꽃들의 눈물 새들도 울더라
꽃들도 울더라

난 · 5

드러난 뿌리로 버티고
막 감은 머리같이
윤기가 곱다
꽃다운 꽃향기가
바람 타고 전해 오고
순하고 부드러운
여인 같은 소심
난향으로 전해 오는
보고 싶은 그리움
난도 사람을 좋아하지만
사람이 다가가면
숨은 뜻 멀리 하더라

쑥쑥 자란 죽순들

꽃 핀 동산에 제비 떼들 모여들고
봄바람은 내 것인 양
죽순만 쑥쑥 자라더라
아직도 꽃을 찾아
새들은 날아들어
보리이삭 필 적에 장다리 밭
꽃 속에서 벌 나비 춤을 춘다
야인의 낮잠 자주 깨우니
어이 이리도 뻐꾸기 울음소리만
재촉해 우는가
나무야 대나무야
눈으로 엿듣지 말고
사랑이 얼마나 이별로 갔더냐
대밭의 죽순처럼 어른 같구나
키만 크고 큰 나무
나무야 대나무야 꽃동산에
제비떼들 다시 모인다더냐
대밭에 새떼들 구름같이 피어난다

대나무야

바르고 강한 나무야
굽히지 못한 절개가
목숨인 나무야 대나무야
나무가 푸르니 훈훈한 바람은
스스로 일더라
봄향기처럼 계절과 친한
구름과 안개 키 높이로 서서
누굴 기다리느냐
댓잎으로 글을 써도
잎은 살랑살랑 바람이 일고
변할 줄 모르는 나무야
참다운 향기 풍기는
봄 향기같이
흡사 난향 같더라

대야 대나무야

취미로 이루어진 것은
붓과 먹이다
댓잎과 나무야
붓끝에서 소리가 난다
깨닫지 못하면 풀잎보다
못한 나무야
선비라고 할 수밖에 없는 나무야
대 끝에서 나는 바람소리
숲속에서 나는 새소리
너만 홀로 울고 있는 댓잎소리
세상 사람들보다 키가 큰
대나무야
연못에 비친 나무야
해질 무렵 나그네 걸음으로
어둠이 오더라

나무야 대나무

실바람에도
댓잎이 흔들리는 것은
달빛이 밝기 때문일까
바람이 댓잎을 흔드는 것은
푸른 잎을 좋아하기 때문이다
하늘 보고 서 있는 나무는
쓸쓸히 숲만 가득하더라
깊은 산중 사시사철
호올로 서서
누굴 기다리는 것이야
찾아올 뉘 있느냐
나무야 속빈 대나무야

나무야 대나무야

대나무는 군자의 마음 알리라
늠름한 대나무는 선비의 기상
잡목을 업신여긴 선비의 혼일까
댓잎은 부엌칼 같고
부엌칼은 댓잎 같더라
바람 불지 않아도
스스로 일어나는 나무야
바르고 강함 굽힐 줄 모르는
대나무야 항상 푸른 빛을 띠고
배움을 따는 것은
군자의 마음
덕은 외롭지 않음을
대나무는 알리라
군자로 서서
댓잎 바람소리 소리로
전해 들리더라

대나무

떼 지어 날아온 철새들
대밭에 앉아 밤을 새운다
꽃동산인 양 춤추며 놀다가
날 밝으면 가던 길을 가고 간다
바람은 내 것인 양
붉은 꽃송이로 춤을 추다
하늘 위로 날아온 제비들도
대나무와 입맞춤을 한다
군자다운 대나무는
가는 길손 오는 손님
마음껏 맞이한다
뜻밖에 오는 철새
놀고 가고 쉬었다 자고 가소
나무야 대나무야 오는 길손 반갑게
가는 길손 다시 오게
두 손 합장 바람으로
댓잎 흔들어 환영하소

남쪽으로 가는 계절

오는 사람 가는 사람
비 오는 날 길가로 붙어
위험하게 서서 겁먹은
얼굴로 돌아 돌아간다
외로운 모습 홀연히
뒤돌아보면 눈에 불을 켜고 쫓아오는
햇빛 그림자 속에 차량들
너는 어찌 사람으로 서서
사방으로 달리는 차량의 행렬
몸을 막으며 남쪽으로 가느냐
논밭 가는 방법을 배워
휘파람 불면 이랑을 넘어가는
산짐승들이 숲속으로 숨더라
세상사 의심 없이 넘나들며
구추가 되면 사나운 바람은
깊은 산속으로 몰려와
급하게 높이 뛰며 달리더라

사랑 증명서

사랑은 어디에서 왔을까
그리고 어디로 가는 것일까
시작과 끝
사랑의 증명서가 있었으면 좋겠다
발행처와 말소하는 절차가
필요할 것 같다
사랑도 원적이 있고 현주소가 있어야
사랑의 질서 확립에
크게 기여할 것 같다
사랑의 색채는 무슨 색이며
사고 파는 데도 색깔에 따라
요금이 달라야 한다
사용기간이며 지역별로 보증서도
보장되어야 한다
사랑의 권리 행사도
개인이 할 수 있어야 한다
중앙에서 나라 일 보는 사람들이
감독 감사 조사 위원들이 있어야
중앙과 지방 사람은

허가제와 신고제로 해야 할 것이다
이전도 할 수 있고
보증 담보제도가 필요하다
사랑도 사람같이
이런저런 보장성이 확실해야
마음 놓고 사랑할 수 있어야 할 것이다
현 사회에서는 보장된 사랑도
나라에 기여할 기회가
여러 가지 있을 것이다

둥지 없는 겨울

내 집에 내가 살고 싶다
아무리 내 집같이 생각하려 해도
확실히 남의 집이라는 것이
뼈저리게 느껴진다
매월 말일이 되면
집주인에게 내야 하는
임대료 관리비 기타 등등
영수증이 손안에 꽉 차 있다
아뿔싸 내 집인 양
착각이 더 슬프게 한다
계절을 헤치고 돌아올 봄인 양
맞이하는 준비
즐겁다는 생각보다
가슴 아픈 설움이
마음을 조여 오며
집을 사서 이사를
가고 오는 사람들
땀을 흘리며
계단을 오르내리며 뛰어다니는

사람들이 부럽고 존경스럽다
집 없는 설움이 한겨울보다 더
춥고 떨리며 고통스럽다
언제쯤 내 집에
내 이름표를 달고 살 수 있을까
설움 설움 서럽다 해도
내 집 없는 설움이
더 서러울 것 같다
먼 산 보는 겨우살이가
울며 하늘 본다

계절의 적막

새소리 계절의 적막을
깨고 떨어지는 겨울꽃은
문전에 놀고 있다
어지러운 하루살이 나그네
머리 위에 새들이 지저귄다
앞 다투어 피어나려고
연못에 비 내리면
새들은 저절로 노래하며
문막 넘어 날아든다
꽃바람 불어 날고
새소리 거리마다
나뭇가지에 달려 있네
한때는 백조도 바람꽃 다투더니
산 아래 꽃향기 머금은
봄비는 더욱 아름답더라
노목에 앉아있는 까마귀
인가에 걸쳐 겨울 노래 부른다

| 작품 후기 |

　새봄을 맞이하는 2월의 첫날, 참으로 오래간만에 낯익은 전화 한 통을
받았다.
　"거기 출판사 맞죠?"라는 일성에 금방 목소리의 주인공을 알아볼 수 있
었다. 1987년에 우리 출판사에서 네 번째 개인시집《수레바퀴》를 상재하
신 김정삼 시인이었는데 시집을 새로 엮어 볼까 싶어 당시의 시집 판권에
있는 전화번호를 전화국을 통해 추적하여 통화를 하게 되었다는 것이다.
　매우 반갑기도 하고 근황이 궁금하여 자택 위치를 알려 달라 하고 곧바
로 목동으로 달려갔다.
　33년 만에 만난 김정삼 시인은 다소 어눌한 말씨에 다리를 약간 저는 모
습이었는데 그동안 허리수술도 하고 파킨슨씨병으로 투병생활을 해 오다
상태가 호전되어 지난해 가을 고향 무안에서 병원시설이 잘 되어 있는 이
곳 서울 목동으로 거처를 옮겼다고 한다.
　자식들 5남매 모두가 의사에 비행기 조종사, 양호교사 등으로 정착하여
걸어서 10분 거리에 모여 사는데 이제는 중환자실에 실려 갈 상황이 닥쳐
와도 마음이 놓여 소일하는 차원에서 오랫동안 미뤄두었던 시창작에 임
하여 이제는 한 권의 시집으로 엮을 수 있는 분량이 되었다며 한 번 읽어
보기를 권하는 것이었다.
　오랜 병마에 심신이 지쳐 있을 법한 상황이었지만 역시 문재(文才)가
뛰어나 10권의 시집을 상재한 뒤 20년이나 절필하였다는 것이 무색하도
록 모든 작품에서 인생을 관조하고 삶을 깊이 성찰하며 자아를 되새기는
짙은 서정이 잔잔하게 묻어나와 감동을 주는 것이었다.
　그리하여 원고를 서둘러 챙기고 곧바로 제작에 임하여 시집으로 결실
을 보게 되었는 바 김정삼 시인의 건강과 함께 더욱 왕성한 문필을 기대해
본다.

한누리미디어 대표 **김 재 엽**

김정삼 제11시집

우주복덕방

•

지은이 / 김정삼
발행인 / 김영란
발행처 / **한누리미디어**
디자인 / 지선숙

•

08303, 서울시 구로구 구로중앙로18길 40, 2층(구로동)
전화 / (02)379-4514, 379-4519
Fax / (02)379-4516
E-mail/hannury2003@hanmail.net

•

신고번호 / 제 25100-2016-000025호
신고연월일 / 2016. 4. 11
등록일 / 1993. 11. 4

•

초판발행일 / 2020년 3월 2일

•

ⓒ 2020 김정삼 Printed in KOREA

•

값 12,000원

•

※잘못된 책은 바꿔드립니다.
※저자와의 협약으로 인지는 생략합니다.

•

ISBN 978-89-7969-817-6 03810